오늘에게 이름을 붙여주고 싶어

오늘에게 이름을 붙여주고 싶어

이종민 시집

창비

잊지 마, 꼭 오레나두에서 만나

차
례

제1부

제 1 부

트랙

스탠드에 혼자 앉아 있었다
콩 주머니 하나가 운동장에 있었다

가을이 지나갔다
던진 것과 놓친 것에는 별 차이가 없다는 것을 알게 되었다

몇번의 가을이 더 지났다
멀리 온 두 손에
콩 주머니가 쥐어져 있다

운동장에는 발자국이 너무 많고
머리 위로 만국기가 펄럭인다

몇번을 봐도 못 외우는 나라 이름이 있었다
그 나라 사람들은 계속 거기 살고 있었는데

스탠드에 혼자 앉아 있었다
가끔 발자국의 주인을 생각하면서

가늠하다

포구에서 그는 돌을 던지곤 했다
나는 같은 질문을 반복하고
대답하지 않고 그는 돌을 던지곤 했다

배가 하나둘 떠날 때면 내게 밥물 재는 법을 가르쳤다
눈대중으로 할 수 있는 날이 오면 알게 될 거라고 했다

손을 담그면 짐작할 수 있다
바다는 결코 잠잠해지지 않을 거라고

쌀을 씻고 밥물을 맞추며
오늘은 오늘의 질문을
내일은 대답을 기다리러 가야지

포구로 가면 물을 볼 수 있다
아직 질문을 던질 수 있는 물이다

투서

　동그란 통에 든 세계였다 그가 그것을 벽 너머로 던지고
있었다 하나씩 던질 때마다 어떤 말을 외쳤다 특이한 점이
있다면 통에 적힌 것과 다르게 외친다는 것

　그에게 물었다 던지는 것이 무엇인지 언제부터 던져왔는
지 왜 던지는지
　벽 너머의 존재를 아는지

　그는 통 안에 든 또다른 통을 던지고 있고 오래전부터 그
랬으며 벽 너머가 다음 목적지이기 때문이라고 했다
　똑 부러지는 대답에 당황했지만(보통 이런 사람이 등장하
면 아무 말도 하지 않는 법인데) 어쩐지 함께 던져야 할 것
같았다

　동그란 통들은 반쯤 흙에 묻혀 희미하게 반짝였다 한 손
에 들어오는 크기였다 잡으면 놀랍도록 가볍게 느껴지는 무
게였다 언뜻 아는 이름이 적힌 통들도 있었지만

　반짝이지 않는 통을 집어 들었다 그의 이름일 것 같다는

생각이 강하게 들었다 그것을 꼭 쥐고 그의 눈을 응시하며 함께 가고 싶다고 말했다 함께 가야겠다고 말했다

투어리스트

너를 보면
나를 보는 것 같아
말하는 그의 뒤에 검은 물체가 일렁인다

몸이 죽어도
정신은 남는다

그의 말투를 따라 하다가 내가 되어버렸다
그에게 키워지느라 그를 버려야만 했다
그를 묻은 숲이 사라지면 그가 완성될 것이다

구름이 구름을 구경하고
강아지풀이 강아지풀을 만든다

나는 죽어간다
죽고 싶어한다

사람들은 웃으며 경쾌한 발소리로 사라져갔다
그들이 한번씩 발을 빠뜨렸던 호수는 아직 있다

얼굴이 비칠 정도로 잔잔한 호수

이 몸은 몇번째 몸일까

목도

타워크레인이 돌아간다
연기를 뿜으며 상승하는 로켓
팔짱을 끼거나 손차양을 하거나 카메라를 든 군중
한곳을 보고 있다

매연이 하늘을 뒤덮는다 사방이 뿌옇다
서 있었다 보고 있었다
새벽같이 일어나 아이들을 씻기고 옷을 입히고 모자를 쓰
고 나왔다 아침도 거른 채 두시간이면 도착할 수 있는 거리
를 혼잡한 도로 위에서 세시간이나 보내고

연막이 걷히자 구름 하나 없이 말끔한 하늘
팔짱을 푼 사람 손으로 눈을 가린 사람 카메라를 떨어뜨
린 사람
날아가는 로켓을 보고 있었다 쏘아 올린 구체를 보기 위
해 아이들과 이곳에

그런데 로켓은 어디 있지
말없이 고개를 들고

로켓의 종착지는 어디야
누군가 물었다
대답을 못하고 하늘
그냥 하늘, 했다

그뒤로 로켓을 보지 못했다
로켓은 우리를 본다

그림자밟기

손가락으로 개미를 누르면 흙이 묻는다
개미는 거기 있는데

발자국을 지우려면 발자국을 찍어야 한다
함께 눈을 치우던 선임이 말했고
그해 자살자가 늘었다
우리는 모두 동갑이었다

손톱 끝에 흙이 묻어도 개미를 만질 수 없었다
죽은 개미가 달라붙으면
선한 싸움도 결국 폭력이더라
어른 같던 선임이 말했다

그해 진상조사위원회가 꾸려졌다
내가 편하면 옆 사람이 불편할 거라고
한 몸처럼 움직이라고 했다

개미를 생각하면 흙의 감촉이 느껴진다
앞사람 등만 보고 가면 뒤처지지 않고

개미를 만지면 개미가 죽는다

아무도 보여주지 않은 그림

어둡다. 달빛이 밤을 밝힐 정도는 아니어서 어둡다. 아무 말이 없어서 어둡다. 화가는 그린다. 창밖을 바라보다가 그린다. 화가의 손을 따라가면 눈 덮인 논이 보인다. 산 넘어가는 철새 몇마리가 보인다. 구름에 가려 고개를 내미는 그믐달이 보인다. 화가의 손길에 따르면 눈 덮인 길 위에 내가 서 있다. 길 끝에는 대여섯가구 옹기종기 모인 마을이 있다. 가장 안쪽에 자리한 집으로 걸음을 옮기면 골짜기 쪽에서 바람이 불어오고 산짐승이 몇초간 길게 울 것이다. 침침한 불빛이 새어 나오는 그 집 문을 열면 화가는 손을 멈추고 나를 반길 것이다. 춥지는 않았느냐고 두꺼운 이불을 그려 내줄 것이다.

삼일째 눈이 쌓여서 희다. 달빛이 눈을 녹일 정도는 아니어서 희다. 아무 말이 없어서 희다. 화가가 창밖을 본다. 화가의 눈이 닿은 먼 산이 크고 희다. 듬성듬성 드러난 나뭇결마다 암호처럼 눈이 쌓인다. 겨울이 겨울을 껴입고 더 깊은 겨울이 된다.

호시절

버섯 은행 대추를 넣어 돌솥에 지은 밥, 저민 소고기를 뭉쳐 찐 떡갈비, 잘 익은 신김치와 총각김치, 고추김치와 취나물무침과 마늘종조림, 뚝배기에 담긴 붉은 순두부찌개를 놓고 마주 앉았을 때, 간장에 버무린 가지튀김을 입에 넣었을 때, 예상했던 바삭함은 없고 포슬포슬한 식감이 옅은 미소로 나올 때, 동시에 마주 보며 동그란 눈으로 웃었을 때, 한 상 가득 채워진 반찬에 맞추려 반숟가락씩 밥을 뜨면 남은 반숟가락에 네가 반찬을 올려줬을 때, 속도가 느린 너와 함께하기 위해 되도록 천천히 씹고 또 씹었을 때, 그래도 내 그릇이 더 빠르게 비어 한공기 더 주문했을 때, 식사가 끝나고도 말없이 창밖 벽돌담에 뉘엿거리는 겨울 볕을 구경했을 때, 창에 비치는 우리를 발견하고 턱을 괸 채 나를 보는 너의 모습을 봤을 때, 이듬해 곁에 있을 네가 미리 와 있는 것 같을 때, 부른 배를 한동안 쓰다듬었을 때, 어쩌면 부푼 배꼽 위를 네 손도 왔다 갔을 때, 북아현 길고 긴 내리막길을 함께 걸어 내려갔는지 마을버스를 탔는지, 어찌 되었든 함께 돌아갔을 때,

그린 그림

한폭의 그림이 그림에 없는 수많은 기분으로 걸려 있다

어느 날 우리는 그림 안에서
우리가 아닌 것을 상상한다

왜 너는 그 몸에 있니
살이 딱딱하다 손을 잡고
눈으로 눈을 본다
육체가 아닌 것이 뛰쳐나온다

바닥에 천장에 벽에
왜 너는 그런 데 있니
응시할수록 마주 잡은 손이 선명해지고

딱딱하다가
따뜻하다가

우주는 정말 넓구나

네가 없어진다

연쇄

함께 강변에 앉아
벤치가 습하다고 네가 말하면 자리가 축축해진다

물수제비는 세번을 못 가 가라앉고
물속에 낯선 돌이 가득하다

오전에는 중력이 인력의 한 종류인지에 관해 토론했다
나는 점프할 때마다 몸무게를 느낀다

새가 비행을 멈추고 육지를 거닌다
새에게도 낯선 벌레가 새의 배 속에 있다

건너편은 건조할 거야
축축한 벤치에서
네가 말하면 강변이 다 마른다

안개가 걷히자 사람이 보인다
내가 자리에서 일어난다

물은 색이 없다
물의 색은 많다

중턱에서 발견된 페이지

저 산 깊은 곳 아무도 가지 못한 골짜기에 잎 대신 흰 종이
가 자라는 나무 한그루 있다고 한다

손끝을 베어 주렁주렁 매달린 종이마다 글씨를 쓸 거라고
그가 풀밭을 밟으며 말한다

나는 그러면 반창고에 연고를 발라 그가 쓴 글씨 위에 붙
여두겠다고 들려주고 싶었지만

수와 기대

"모든 수의 시작이 0인지 1인지에 관해선 아직 밝혀진 바
가 없다"
　마지막 수에 관해 토론하던 중 책을 덮고 거리를 걷는다

　나뭇잎과 나뭇잎 사이에는 혈통이 있을까 창문과 창문 사
이에는 공감이 존재할까 계속 이어지는 이 거리를 걷다보면
뭐가 나올 거라 생각해 네 이름에는 어떤 뜻이 있니
　묻고 싶은 말을 정리하는데 풍경이 좋다고 하는 너

　발아래로 개미들이 줄지어 간다
　한마리와 한마리 사이를 보면 길이 계속될 거라는 확신이
들었다

　"0으로 시작해서 1로 끝나는 선분 위에도 무수히 많은 수
가 있다"
　모든 이야기의 마지막으로 적합한 구절이 생각났다

지금부터 숨 참으세요

눈동자를 주시하면
가만히 있어도 온몸이 빛난다
다리를 모으고 서면 꿈틀거림을 느낄 수 있다

모두가 멈춰도 지구는 돌고
모두가 높이 뛰면 시간이 멈출까

기억나지 않는 꿈속의 멜로디와
마주 선 한 사람이 있다고 가정하면 완성되는 리듬

*현재의 우리가 너희의 미래다**
최초가 최후에게 손을 건넨다

하나 둘 셋
최초가 최후의 발을 자꾸 밟는다
심장이 부풀었다가 쪼그라들기를 반복한다

태초가 다문 입술 밖으로 빠져나온 숨이 바람이 되어서
흔들 수밖에 흔들릴 수밖에

처음 움직이기 위해 실패한 수많은 걸음들
처음 듣는 소리에 귀를 쫑긋 세우듯이

* Quod sumus hoc eritis, 「Kingdom of Heaven」.

하(霞)

무릎을 끌어안고 쪼그려 앉은 너에게 왜 그렇게 앉느냐고 물으면 작게 숨 쉬는 소리만 들린다. 작은 소리에도 잘 놀라는 너. 천둥소리는 좋아했지만 뒤에서 내가 부르는 소리에는 자주 놀라 주저앉았다. 그런 날에는 서로의 손바닥에 글자를 썼고 내가 쓴 건 대부분 '미안해'와 뜻이 비슷한 글자들이었다.

어릴 때 엄마의 머리카락을 잡고 잤다는 이야기를 들려주고 난 뒤로 너는 머리를 하지 않았다. 큰바람이 지나간 자국처럼 자리 잡은 흉터와 처마에서 떨어지는 물방울 같은 점. 처음 눈물점이라고 부른 사람이 흘린 눈물에 대해 생각하다 보면 사는 건 매한가지 죽음은 단 한가지라는 결론에 도달했다.

찢어진 페이지

장례를 지내고 돌아오는 길에 맑은 냄새를 기억하고 있습니다.

'아름다운 노을'과 '노을이 아름답다'의 차이를 생각하던 날입니다. 어디선가 묻혀 온 붉은 실이 외투에서 떨어진 날입니다.

허구의 이야기는 존재했거나 일어날 일이라고 믿는 편입니다. 이곳에 있는 모든 이야기도, 읽고 있는 당신에게도 마찬가지로요.

구르는 낙엽을 밟으면 부서지는 소리가 납니다. 완전히 부서지지 않습니다. 그것을 주워서 이 책에 끼워놓았습니다.

오늘 죽은 사람은 내가 죽어야 사라지겠죠. 부서지는 소리가 나면 정말로 부서질까봐 땅을 보며 걷는 습관이 남았습니다.

정원사의 개인 창고

지나온 곳이 더럽네요 이런 날이 천일이어서
천송이의 시든 꽃이 가득합니다
그대로 두기로 합니다

자, 이것이 내 마음입니다
정수리를 똑바로 쳐다보며 말할 수 있을 때까지
겸손과 예의로 다가가고 싶었는데

누군가 꾸어야 하는 악몽을 대신 꿉니다
조경을 망치지 않기 위해 나쁜 생각은 하지 않습니다
나쁜 사람이 되지 않기 위해 눈을 쳐다보지 않는 습관을
가꿉니다

고개를 숙이고 다니면
화단 모퉁이에 토사물 같은 것을 눈에 담을 수 있습니다

아무 꽃도 자라지 않는 화단이 제가 꾸고 싶던 꿈입니다
검은 바짓단에 묻은 흙과
나란히 앉을 때면

까딱까딱
알 수 없는 발끝의 리듬만으로
화단은 완성될 수 있습니다

가장 시들지 않은 잎을 따다가 낮은 곳에 심었습니다
자세를 낮춰야 보일 거예요
이것이 저의 방식입니다

제 2 부

가벼운 외출

오늘에게 이름을 붙여주고 싶어
아침 햇살에 손을 넣자 무언가 만져집니다

오늘을 주머니라 부릅시다
주머니는 날씨가 좋아요
주머니는 울음을 참고 있습니다

손을 넣었다 빼면 뒤집히는 주머니
내일을 꺼내려 하면 어제의 보풀이 일어납니다

어디서 꺼내야 할까요
아무렇게나 구겨진 페이지와
깨진 유리잔과
허물어진 콘크리트
무거워 놓친 손

빨랫대 앞에 쪼그려 앉아
뒤집힌 양말을 뒤집어 신고
계란프라이를 뒤집어 부치면 오늘이 시작됩니다

따지고 보니 오늘보다 내가 더 주머니 같습니다
너무 커서 뭐가 나올지 몰라요
꺼낼 것도 없는데 괜히 손을 집어넣습니다

다음은 주머니에서 나온 것들입니다

보호색

    냉장고에 호박 오이 무생채 무쳐놨으니까 대접에 넣고 비벼 먹어 고추장은 베란다에 있고 참기름은 가스레인지 찬장에 있어 맨날 빵 같은 거 먹지 말구 된장국은 쉬었는지 확인 한번 해보고 먹어 오늘은 어디 가니 일찍 들어와 엄만 새벽에 나가

    시위대가 도로를 점거했다
    엄마는 집에 없고
    엄마가 차려놓은 밥상이 집에 있고
    시위대가 톨게이트 옥상을 점거 중이다

    뜨거운 아스팔트 위를 걸으며 퇴근했다
    올라간 지 한달째라고 했다
    집에 와서 씻고 밥 먹고 잤다

메시지를 남겨주세요

알람 소리에 눈을 뜬 J는 창밖의 빗소리를 들었다. 집 안은 발목까지 물이 차올라 있었다. 베란다 하수관에서 물이 역류했다. J는 출근을 서둘러야 했기 때문에 세수와 양치를 했다. 침대에 올라가 발을 닦고 바지를 입었다. 사무실에 도착한 J는 거래처와 통화를 하면서, 점심으로 주문한 제육덮밥을 먹으면서 집에 고인 물을 생각했다. 폭우가 계속되고 있었다. 퇴근길에는 물에 떠내려가는 집을 상상했다. 그 정도면 뉴스에 나오겠지. 인터뷰를 할지도 몰라. J는 가장 큰 냄비로 물을 퍼내기 시작했다. 벽지의 물 자국이 조금씩 낮아지는 것으로 줄어드는 수위를 알 수 있었다. 출근을 해야 했기 때문에 물을 다 퍼낼 수 없었다. 다음 날, 그다음 날도. J는 아침에는 출근하고 저녁에는 물을 퍼낸다. 사무실에 도착하면 좋은 아침이라고 동료들에게 인사하는 J. 그리고 창밖엔 폭우. 아직 퍼내야 할 물이 많다.

야생의 마음

담장 앞에 늑대가 찾아왔다

우유를 데워 먹이고 밤에는 이불을 깔아주었다 무럭무럭
자라난 늑대 나를 보면 다가와 얼굴을 핥았다 웃자란 송곳
니에 작은 생채기가 나기도 했다

낯선 사람을 보면 이빨을 드러내고 경계했지만 그들은 보
이지 않는다고 했다

여기 있잖아 은빛 털이 아주 보드랍지 않니

사람들은 집 안에 무슨 늑대냐며 뜬구름 잡는 소리 하지
말라고 했다

담장 앞에서 집을 지키는 늠름한 나의 늑대

고깃덩이를 들고 있으면 꼬리를 흔드는 나의 늑대

가끔 나를 물어서 작지 않은 상처가 났다 상처가 어디서
났냐고 물으면 기르는 늑대에게 물렸다고 대답한다

정말 큰 개를 기르시나 봐요

상처를 볼 수 있으면서도 늑대는 믿지 않는 사람들

손 하면 발톱을 주는
밤이면 대신 울어주는 나의 늑대

어느 날 늑대가 떠났다
담장 앞에 남은 이불과 살을 다 발라낸 뼛조각
사람들이 물었다 저렇게 큰 늑대가 왜 집 안에 있느냐고
담장 앞을 가리키며 말했다 놀라워하며 말했다
상처가 가려웠다 내게는 보이지 않지만

장성한 나의 늑대
나를 지켜주는 나의 늑대

주인은 힘이 세다

그 집은 비어 있다 주인은 잠시 떠났다 주인 없는 집에서 주인 있는 옷이 마르고 있다 양말에 달라붙는 건 체모다 주인의 체모와 주인이 아는 사람의 체모다 주인이 돌아다니다가 묻혀 온 체모와 주인이 아는 사람에게 딸려 온 체모도 있다 그 집에는 아무도 없다 주인도 주인이 아는 사람도 모르는 흔적이 있다 그 집은 조용하다 조용한 그 집에는 수많은 체모와 덜 마른 옷가지와 이불의 구겨진 무늬가 있다 나는 그 집을 본다 머리카락이 바닥으로 떨어진다 이름이 생긴다 얼굴이 생긴다 사방에서 주인이 오고 있다 내일을 끌고서 수많은 방을 끌고서

입술을 빌려서

폭포가 쏟아진다
이곳에 몇명이 빠져 죽었다

몇명은 아직 지상에 살고
어디선가 그때 이야기를 할 것이다

호수가 기슭 쪽으로 넘실댄다
흙이 물 쪽으로 쓸려간다

얕은 곳에 발을 담그고
몸이 떨어지는 물을 향해 있다
생각이 있었는데 말을 잃어버리고서

물거품이 튀어 몸에 닿는다
물이 물에 부딪히는 소리
다문 입가로 자주 온다

파티

강의실에서 폭죽이 터졌다
즐거워하면서도
안 좋은 쪽으로 생각했다

집중
누군가 교탁을 내려치자
모두 칠판을 바라본다

학교에서 집까지의 거리를 집 가는 길이라고 부른다
같은 길을 반대편에서 학교 가는 길이라고 불렀다
반대로 말해도 잘 알아들었다

콧노래를 흥얼거리면 기분이 좋으냐고 물어온다
아무 말 없이 걸으면 이름이 불렸다

케이크 앞에서 폭죽이 터지면 기분이 좋고
케이크 앞에서는 폭죽에 집중하지 않는다

몇개의 초가 타고 있다

촛불에 그림자가 없다
초의 개수만큼 벽에 박힌 모습들
태어나기 전에 이름이 먼저 불린 우리들

웃을 타이밍을 재고 있다
많이 웃어서 나오는 눈물이 있다

예감은 틀리지 않아

나무가 흔들린다
나무가 바람이 부는 쪽으로 이동한다

얼음이 녹자 잔에서 소리가 나고
나는 숨을 쉰다

초침 소리가 들리면 안심이 된다
어디로도 흐르지 않을 것 같은 순간
잎사귀를 주우면 잎맥을 타고
우주가 망막 뒤로 기운다

잔에서 소리가 나면 얼음이 녹는 중
잔을 잡은 손이 젖는다
손금이 오래 지속된다

숨을 몇번 더 쉬고 분침이 움직이고
누군가 나를 기억해낸다

손끝으로 액체가 모인다

대기와 물은 서로의 가능성이다

바람이 불면 나무는 바람을 하려 한다
쏟아지는 나뭇잎 사이에서
머리카락이 자란다

교통과 재난

우리는 교육이 끝난 뒤 사람들이 쏟아져 나오던 중앙 현관에서 마주쳤다. 사방에서 재난문자 알람 소리가 울렸다. 모두가 핸드폰을 꺼내 화면을 확인했다. 핸드폰이 없는 나는 무슨 일이냐 물었다. 너는 함께 걸으면 알려주겠다고 했다.

끝이 보이지 않는 길이었다. 끝이 있을까 싶은 내리막길이었다. 양옆으로 사람들이 물살처럼 걸어갔다. 엄청난 사건이 일어난 것 같은데 평화롭게 내리막길을 내려가는 사람들.

꿈에서는 여러가지가 잊히기 마련. 우리도 그랬다. 어디서도 너의 얼굴을 본 적이 없는데. 우리는 처음 본 사이였는데. 화창한 날씨였다. 낮고 높은 산들이 완만하게 늘어선 곳이었다. 멀리 고속도로 위로 차들이 빽빽하게 늘어서 있는 것이 보였다. 도시 외곽으로 빠지는 차선이 그랬다.

대단한 일이 일어났나봐. 큰불이라든가 지진일 수도 있고. 혹시 전쟁이 난 것은 아닐까.

이 길을 다 내려가면 이야기해줄게. 너는 빙긋이 웃으며 말했다.

내리막길 한쪽 구석에 있는 방방이 눈에 띄었다. 어디서 왔는지 모를 아이들이 뛰어놀고 있는 이질적인 장면이었다.

건너편 낡은 의자에는 노인이 앉아 있었다. 녹색 비니를 눌러쓰고 수염이 덥수룩해서 어떤 표정을 짓고 있는지 보이지 않는 얼굴이었다. 중학교 교문 옆에 있던 방방이 떠올랐다. 무서운 선배들이 많다는 소문에 한번도 가보지 못한 곳이었다. 한 아이가 높이 점프했다가 착지하자 다른 아이가 그보다 낮게 떠올랐다. 반대의 경우도 그랬다.

멀리 있는 가족이 걱정되었다. 어딘지는 몰랐지만 가족이 있는 곳은 먼 곳이었다. 서로의 가족에 대해 이야기를 나눴던 것 같다. 교육에 대해 이야기를 나눴던 것 같다. 화창한 날씨에 대해 우리의 옷차림에 대해 학창 시절에 대해 방방에 대해 이야기를 나눴던 것 같다. 함께 내리막길을 걸어가는 많은 사람들에 대해 재난에 대해 이야기를 나눴던 것 같지만 방방 옆에 앉아 있던 노인에 대한 이야기는 하지 않은 것이 확실했다.

두갈래 길이 나왔다. 계속 내려가는 길과 차도 쪽으로 빠지는 길이었다. 너는 차도 쪽을 가리키며 말했다. 나는 이쪽으로 가야 해. 너는?

나도 이쪽으로 부모님이 데리러 오신대.

　차도 쪽으로 한걸음 옮기며 내가 말했다. 그런데 핸드폰
이 없는데 부모님이 온다는 걸 어떻게 알았지. 생각하던 중

　뒷주머니를 봐.

　주머니를 더듬자 그곳에 핸드폰이 있었다. 재난문자 알람
이 울리기 시작했다. 너의 눈을 쳐다보았다.

　이 세계에 어떤 일이 일어난 걸까.

　아침이 오고 있었다.

식탁의 최선

식탁을 살리기 위해서는 요리가 적당하다
마늘과 양파와 고기를 사기 위해 참을성을 키운다
모종삽을 들고 씨앗이 들어갈 자리를 다진다

씨앗은 빨간 신호등 앞에서 잘 자란다
한번 클릭했는데 반응이 없는 모니터 앞에서
무심코 들은 말 앞에서 잘 자란다
발뒤꿈치에 물집이 잡혔을 때 출근하기 싫을 때 특히 잘
자란다

어제는 한알, 오늘은 수십알의 참을성이 열렸다 주머니에
담아 퇴근하는 길에 마늘을 산다 양파를 산다 고기를 산다
음식을 그릇에 담으면 식탁을 완성할 수 있다 식탁은 기
능할 수 있다 모든 것이 완벽한데

현관문을 열고 무리가 들이닥친다 이곳은 당신이 있을 곳
이 아닙니다 당신은 떠나야 합니다
가방에 모든 짐을 챙기라고 했다 모종삽 하나 들어갈 크
기의 가방이었다

테이블

멀리서 문소리가 들릴 때마다 백열등이 깜빡인다
취조관이 언제 올까
한 포로의 혼잣말에 돌아가면서 죄목을 말하며 논다 누구
도 취조관 같지 않지만 어떤 포로는 말을 더듬고 어떤 포로
는 등을 긁는다 아무도 자신의 죄목을 정의하지 못하고

문소리가 들릴 때마다 죄목을 생각한다
지문을 지우지 못하는 것은 당연한 일이지 누구의 잘못도
아니야 옆에 앉은 포로의 말이 끝나면 내 순서가 돌아올 것
이다
손목에 난 포승줄 자국이 사라질 수 있을까 우리를 궁금
하게 하는 것은 이 방일까 저 발소리일까 아니면

문소리가 가깝게 들린다
백열등이 희미해진다

취조관이 정말 오긴 올까
누군가 혼잣말하고
문이 열린다

어떤 죄목이 떠오르고 있었다

놓고 오기

엘짐은 골프 선수지만 공을 어느 정도 세게 쳐야 하는지 모른다 샷을 할 때 공의 어느 부분을 맞혀야 오른쪽으로 크게 휘는지 휘어 간 공이 어디에 멈출지 모른다 홀의 위치를 가늠하지 못하고 풍향과 풍속을 감각할 줄 모른다 그라운드 컨디션은 물론이고 자신의 컨디션도 고려할 줄 모른다 엘짐이 아는 거라곤 드라이버를 공에 맞히는 즐거움뿐이다

엘짐은 운이 좋았다 엘짐의 첫 대회 기간 기상 조건은 최악이었고 모든 선수가 제 실력을 발휘하지 못했지만 엘짐은 달랐다 공의 목적지를 생각하지 않고 한타 한타 치던 대로 즐겁게 쳤을 뿐이라고 인터뷰에서 엘짐은 말했다 데뷔전에서 우승을 거머쥔 엘짐에게 대중과 언론은 포커스를 맞췄다

그뒤로 엘짐은 한번도 우승하지 못한다 엘짐은 공을 어디로 보낼지 생각했다 기상 조건을 고려했고 그라운드 컨디션도 점검했다 골프채를 세게 쥐지 않으려고 노력했고 관중들의 시선에서 벗어나 홀의 위치만 생각하려 했다 한번도 우승하지 못했지만 샷 연습을 계속했다 사실은 즐긴 것뿐이다 공이 드라이버에 맞는 순간을

언론과 대중은 성적을 원했다 드라이버를 공에 맞히는 느
낌을 즐겨서 골프를 한 것뿐인데 이제 공을 드라이버에 맞
힐 수 있게 되었는데

언론과 대중은 해명을 요구했다 그런 형편없는 샷은 어디
서 배웠나요 어제 혹시 과음하셨습니까 엘짐은 제대로 대답
하지 못했다 과음하지도 않았고 형편없는 샷을 배운 적도
없지만 아는 거라곤 드라이버와 공이 닿는 순간뿐이지만

엘짐은 어느 날 자신의 최근 대회 재방송을 보게 된다 샷
에서 공을 제대로 맞히지도 못하는 자신을

없는데 있어

냄새 안 나?
무슨 냄새
곰팡이 냄새 있잖아 나잖아
그는 화장실을 닦는다 락스를 바닥과 벽에 문지르며

그는 가끔 화장실을 찾지 못했다
천장이 낮아서
문지방을 넘을 때면 머리를 부딪치는 우리
그렇게 이십년이 흘렀다

수영장 냄새는 락스와 노폐물의 화학반응이에요
수영 강습을 받다가 알았다
그러니까 락스는 원래 냄새가 없다는 말
배영을 하며 천장을 보면 오줌이 마렵던데

이 건물이 삼십년 전에는 국회의원 아파트였어
천장이 내려앉은 화장실을 수리할 때 그가 말했다

수영장에서는 땀이 나도 더위를 모르고

코는 더운 걸 안다
더러운 걸 안다

어디서 냄새 안 나?
방으로 들어와 바지를 내리려는 그에게 소리친다

그거 허상이래
우리 코에서만 나는 냄새래

개점휴업

친구가 장사를 시작했다 고기를 밥 위에 얹어 파는 가게
였다 나는 그 메뉴를 좋아했고 장사가 잘될 거라고 믿어 의
심치 않았다

개업 첫날 친구가 잊지 못하는 사람이 찾아왔다
화환이 늘어선 가게 입구를 지나
화환은 꽃이 아니라는 듯한 걸음걸이로

듣기로는 그 사람이 고기를 잘 못 먹는다고 했는데
어느 때보다 열심히 고기를 굽는 친구의 표정 고기보다
더 고기다운 표정

네가 가지게 될 것이 부럽다 꼭 계속했으면 좋겠어
그 사람이 계산을 하고 나가며 말했다
주고 간 꽃바구니가 아카시아인지 라일락인지 이야기하
던 중

지금 함께 가는 게 어때
친구가 물었다

오가는 손님들의 어깨에 쓸려 화환 속 꽃잎이 떨어지고
있었다

함께 가는 건 아니라고 봐
그 말을 지금도 후회하고 있다

심령사진

머리를 감으려고 상체를 숙이자
천장에서
검은 머리카락이 쏟아진다

식탁에는 빈 밥그릇이 하나
수저가 한벌
식탁과 의자 사이가 멀다

휴대폰 사진첩에는 모르는 친구가 웃고 있고
지하철에서
모르는 사람 옆에 앉아 긴 터널을 지난다
검은 창밖으로 스쳐 지나가는 표정
설핏 잠들었다 깨면
열리는 문
닫히는 꿈

눈을 들면 생활이 있다
깜빡이면 저녁이 찾아왔다

귀가하면 몸에 나는 땀
샤워를 하면 몸에 묻는 물
거울을 보자 누가 나를 본다

왼쪽을 오른쪽으로 바꾸면서
나는 속고 있다

대합실

오전에 비가 올 거라고 했다
전국에 폭염주의보가 발효되었다

사람들이 마른 우산을 들고 있다
열차는 지연 중
사고 처리를 한다고

다음 달 급여를 계산하던 중이었다
이런 날이면 뭔가 두고 온 것 같은데
그냥이라는 말이 있어 다행이다

오후 뉴스에서
내일은 꼭 비가 오겠다고 한다

저녁부터 폭우가 쏟아진다

누구의 책임도 아니라고 했다
좋은 날이 올 거라고 했다

밥무덤

물안개가 산을 타고 올라가던 날이었다 처마 끝으로 빗방울들이 서로의 키를 재던 날이었다 한개의 향불이 종일 절 안을 서성이는 날이었다 코끝이 얼얼한 날이었다 검은 구두들이 어지럽게 놓여 있는 날이었다 돌아가며 절을 할 때마다 그릇에 머리를 박는 숟가락 소리가 빗속을 달리는 차 안까지 따라온 날이었다 그날은 소주가 유난히 찬 날이었고 잔을 들어 건배하지 않은 날이었다 잔에 맺힌 물이 흘러 탁자 밑으로 떨어지던 날이었다 그 물이 바닥에 가만히 고여 있는 날이었다 최대한 멀리 가라고 되뇌던 날이었다

착하고 쉬운

발목을 접질립니다
나쁜 돌이라고 외치며 멀리 차버린 돌
혼자 집으로 돌아오는 길에 주워 옵니다

발목이 돌보다 크게 붓습니다
걸을 수 없어 누워 있게 됩니다

언젠가부터 돌이 보이지 않습니다
깨끗하게 닦아
잘 보이는 곳에 두었는데

누군가 묻습니다
내가 아프고 돌이 나쁜 게
정말 확실하냐고

200529

앞에 선 노인을 두고 망설이다가 내려야 할 역까지 가지
못하고 내렸을 때
　어느 날 눈을 뚫어지게 쳐다보던 사람
　도망치듯 뛰어간 집에서 사흘을 앓아누웠을 때
　새치기하는 사람 발을 일부러 밟았을 때
　출발한 버스 안에서
　주머니를 뒤져도 마스크가 없을 때
　차 안 모두가 마스크를 쓰고 있을 때
　멀리 돌아가는 택시 기사에게 아무 말도 하지 못했을 때
　감사합니다 안전운전하세요
　문을 닫고 욕을 했을 때
　한참 동안 택시가 출발하지 않고 멈춰 있었을 때
　주말 밤 부고 소식이 슬프지만은 않을 때
　상주가 된 사람을 대면하고
　밀어 넣은 육개장으로 배를 채워서야 울며 돌아올 때
　'살아 있으라, 누구든 살아 있으라'*
　이런 문장이 더이상 아무것도 아닐 때

* 기형도 「비가 2」.

레이트 체크아웃

　아이들의 발소리가 들려 배웅하는 어른들의 목소리가 들린다 새가 지저귀는 소리와 바람에 나뭇잎이 떨어지는 소리가 들린다

　꿈을 꿨어 이가 몽땅 빠지는 꿈 빠진 이를 주머니에 넣고 걷는 꿈 두발짝 걸을 때마다 입속에 걸리는 이를 뱉어 소매로 침을 닦고 주머니에 넣지 그렇게 걸었어 하염없이 걸었다

　너는 마른 밥을 먹느라 사람 가득한 지하철에 서 있느라 딱딱한 의자에 앉아 있느라 잠에 들려고 노력하느라 잠에서 깨면 크게 숨을 몰아쉬었지 눈 감고 있던 시간을 정말 잠이었다고 생각해야 할까 주머니에 손을 넣고 앉아 네가 사라진 골목을 보며 생각해 골목에 햇빛이 완전히 들어찰 때면 주머니에서 이가 우수수 쏟아져 이번에도 깨어났구나 쏟아진 이들을 주워 모아 진열한다 네가 한번도 들어가보지 못한 방에 과거에서 현재 순으로

　너는 아직 몸을 웅크리고 어젯밤을 헤맨다 그럴 때 너는 내 팔 하나를 잘라서 주조한 인형 같아 너를 부숴버리는 날이 오지 않을까 어느 날 자다가 뒤척이는 바람에 늦은 오후 시장에서 돌아오는 길에 손을 꼭 쥐는 바람에 한숨을 크게 뱉는 바람에

창밖에 부르지 않은 콜택시가 기다리고 있어 캐리어를 미는 사람이 있고 산책로를 걷는 노인이 있어 부엌에서 식어가는 음식과 그와 별반 다르지 않은 어젯밤이 그대로 있어 음식을 버리고 상을 치우고 설거지를 하고 행주를 빨고 행주를 짜고 그럴 때마다 기우는 볕 파도가 치는 것이 보인다 어젯밤 해변에 그리며 놀았던 글자 위로 나는 너의 몇번째 어금니일까 우리가 부르지 않은 콜택시가 경적을 울리고 있어

주말

집 앞에 시체가 있다
석양빛을 받으며 미동 없이

대문을 열면 밀려나는 위치에 있다
나는 핸드폰을 쥐고 있다
배가 고프다고 생각 중이었고
졸려서 눈이 감기기 직전이다

평범한 금요일의 해 질 녘이었다
시체에서 흘러나온 피가 바닥과 대문 사이로 흘러들어간다
아기 우는 소리
노인의 호통 소리
먼 데서 가까워지는 듯한 발소리

밥을 먹고 잘 것인지 그냥 잘 것인지 내내 고민한 것
아무리 생각해도 죄는 그것밖에 없는데

집 앞에 시체가 있다
그것을 봤고

혼자서 봤다
주위에 아무도 없었다

제4의 벽

혼자는 힘들어서 당신을 초대했어요. 나를 보며 웃어도 돼요. 눈물을 흘려도 괜찮습니다. 주의할 점이 있다면 절대 내게 말을 걸거나 알은척하지 말 것.

"그리고 창밖엔 폭우. 아직 퍼내야 할 물이 많다."
그가 이렇게 이야기를 끝내고 간 뒤로 혼자 남아 물을 퍼내며 생각한 이야기가 있어요. 사실 이 이야기를 들려주고 싶어서 당신을 초대한 마음도 있습니다.

물이 넘치는 베란다가 딸린 집에 사는 사람이 주인공입니다. 그는 매일 물을 퍼내다가 자신도 모르게 하나의 인물을 만들게 돼요. 반복되는 수해에 지친 그가 사랑할 만한 사람을. 말도 없고 이름도 없고 옆에 있을 뿐이지만 그는 그것도 좋았습니다. 종일 그 인물의 것으로 적당한 이름을 생각했죠.

오륙십걸음 정도의 마을도 만들게 됩니다. 뒷산도 있고 강변공원도 있고 주민들도 있습니다. 대체로 우중충한 날씨 탓인지 몰라도 주민들은 우울한 편입니다. 물 퍼내기를 제외하면 그들의 이야기를 들어주는 것이 그의 주된 일과예요. 조언하지 않고 듣기만 하는 것이 마을의 유일한 규칙입니다.

그는 이불 속에서 며칠을 나오지 않기도 합니다. 발길질하며 소리를 치기도 하고요. 그러면 마을에 지진이 일어납니다. 집 밖으로 물이 넘치는 것은 물론이고요. 뒷산에서 용암이 끓습니다. 주민들이 두려워해요. 그럴 때 그의 이야기를 들어주는 사람이 누군지 짐작 가시나요.

쉿. 대답은 하지 마세요. 그가 언제 올지 몰라요. 이 이야기의 결말이 버거워 당신을 초대했습니다.
절대로 말을 걸거나 나를 보고 있었다고 티 내지 마세요. 그가 등장해 이야기가 바뀔지도 몰라요. 아무도 모르는 세계가 시작될 수 있습니다. 결말이 얼마 남지 않았어요.

노래가 시작되면

잠이 왔어 잠의 손을 잡고 꿈속을 날았지 시도 때도 없이
얼굴이 바뀌고 낯설어지는 나는 잠과 같이 허공을 떠다녔어
얼굴이 바뀌어도 그것이 나라는 것을 알았지 잠이 잡은 손
이 나였으니까 수많은 이별을 사용해서 잠에게도 얼굴을 주
었어 오늘은 즐거울 *거야 여기서 깨면 새로운 죽음이 기다*
리고 있으니까 꿈속으로 흘러들어온 노래가 하늘을 뒤덮었
어 *나는 아직 깨어나기 싫은데* 잠은 손을 꼭 쥘수록 몸이 허
공으로 흩어졌어 잠이 희미하게 미소 짓고 있었어 얼굴이
사라져가고 있었어 눈을 떠보니 베개가 축축했어 주위에는
아무도 없었지 잠은 먼저 떠났구나 이번에도 이렇게 되어버
렸구나 베개의 축축한 부분을 만져봤어 노래가 들리기 시
작했지 가수가 늙어가고 있었어 아직도 잠이 말을 걸어오고
있어

제 3 부

초입에서 발견된 페이지

우리는 바위틈에 자란 식물을 채집하기 위해 이곳을 오릅니다. 처음 맡아보는 향이 나는 식물입니다. 다양한 기억을 불러오는 향이 나는 식물입니다. 경험하지 않은 기억이 흘러들어올 때면 당황할 수밖에 없습니다. 그렇게 되지 않기를 바라지만 결국 그렇게 되고야 마는 일들.

앞서가 보이지 않던 그를 다시 만났습니다. 식물이 불러오는 기억마다 메시지가 있을 거라고 합니다. 대부분 후회에 대한 것으로 추측되고요. 향을 맡으면 한동안 꿈에 시달리지만 바위틈에 들어가면 꿈 없이 잠들 수 있다고 그가 이야기합니다.

험한 벼랑이 이어집니다. 척박한 환경에서 어떻게 잎을 틔울 수 있을까요. 채집함에 담으면 금세 연기가 되어 사라집니다. 아직 이 식물을 지칭하는 학명은 없습니다. 정상이 멀었습니다. 잊힌 지 오래된 절벽이지만 오르지 않으면 사라져버리겠지요. 계속해보겠습니다.

보호색

당분간 어렵겠다는 말을 듣고 말없이 천장만 바라봅니다
마음에 대한 일도 답을 찾아야 하는 세상 돌아누운 당신이
다른 세상 사람처럼 이야기를 시작합니다

방이 있어요 들어갈 때마다 벽지가 바뀌는 방 문을 열고
닫을 때마다 가구 배치가 달라지는 방 너무 자연스럽고 그
럴싸해서 변화를 알아채면 전에 들어온 사람을 생각하게 돼
요 자주 들어가서 내 집이라 여겼는데 나보다 더 방을 잘 이
해하는 사람을 그 방의 무늬를 다 이해할 수 있을까요 문을
열어도 들어갈 수 없는 방이 있어요

방의 구조가 궁금해 평수를 물어봅니다
넓지는 않고 우리가 눕기에 알맞은 공간이라고 말합니다
부동산에 가보자고 말하자 이미 가는 중이라고
당분간 입주는 어렵겠다고 조용히 천장만 바라봅니다

표정 연기를 참 잘한다
같은 잠옷을 입고 누워 천장을 봅니다
무늬가 없는 천장을

기념

 창문에 드는 햇빛에 눈을 뜹니다. 오전 열한시. 집 앞을 유치원생들이 지나갑니다. 옆 사람 손을 꼭 잡고 따라와야 해요. 선생님의 말에 아이들이 대답하는 소리가 들리고요. 간밤에 한번 끓여놓은 미역국을 놓고 늦은 아침을 먹습니다. 잘 지내고 있나요. 숟가락을 들면 묻고 싶습니다. 창밖에 새벽 비가 마르고 있습니다. 회색 콘크리트 바닥 위에는 검고 작은 물 자국이 군데군데 찍혀 있을 거고요. 국물에 마지막 한톨까지 긁어 먹으면 해가 중천입니다. 설거지 마치고 빨래 탁탁 털어 베란다로 가져가면 유치원으로 돌아가는 아이들이 보여요. 옆 사람 손을 꼭 잡고 선생님을 따라서. 작은 발자국이 희미합니다. 빨래는 잘 마르는 중입니다. 방에는 아직 개지 않은 이불이 펴져 있고요. 한명도 빠짐없이 아이들이 유치원으로 돌아가고 있습니다.

우리를 말하면 멀어지는

망원경을 들여다보면 크게 볼 수 있습니다
뒷면은 볼 수 없으니까 먼 곳일까요

달은 언제든 표정을 바꿀 수 있습니다
그것을
마음이라고 불러도 될까 싶으면

뒷면에 네 얼굴이 보일 수도 있어

그가 말합니다
그가 있는 곳을 쳐다봅니다

보이지 않는다고 말하면
다가오는
분명해지는

언젠가 당신도 죽겠지요

풋잠에 들어 그네를 탑니다. 그가 밀면 나는 흔들리다가 다시 그의 손으로. 자리를 바꿔 내가 밀면 그가 높이 솟아오릅니다. 햇빛에 가려 보이지 않아요. 손을 뻗어요. 빈 그네가 무릎을 치고 멈춥니다.

부르는 사람

그런데 소리를 빼면 뭐가 남을까 처음 음계를 발견한 사람은 고민에 잠겼다 그는 자신의 모습을 호수에 비춰보았다 바람 부는 소리와 파도치는 소리와 짐승 우는 소리가 들렸다 눈을 감고 노래를 상상했다 그는 잠깐 동안 지평선 너머 들판이 되었다 바위에 부딪치는 폭포와 굴속에서 다친 발을 핥는 짐승이 되었다 바람에 흔들리는 곡식이 되었다가 아무도 밟지 않은 해변에 부딪치는 파도였다가 깊은 밤 사냥을 나가는 어미의 뒷모습을 바라보는 어린 짐승도 되었다 그가 사라진 자리에서 나무가 자랐다 곡식이 자라고 한동안 황무지였다가 누군가 집을 짓고 살고

다시 노래가 시작되고 있었다

따라 부르는 사람

그는 행복했을까
네가 물었을 때 나는 난간 밖을 관찰하는 중이었다

행복의 정의가 무엇이냐에 따라 다르지 않을까
난간 밖에 잡초가 무성하다 저번에 봤을 때는 하나의 잡
초뿐이었는데도

난간이 사라지고 더 무성한 잡초들이 나타났다
네가 있던 자리에 고목이 서 있다 고목은 이천년이 지났
다고 했다
행복했니
그렇게 묻자 고목이 사라졌다
그 자리에 나타난 오두막 한채

안으로 들어서자 흥얼거리는 소리가 들려왔다 귀에 익은
멜로디였다 따라 부를 수밖에 없는 멜로디였다

한 떼의 무리가 들어와 나를 포위했다
뽑고 묻어도 번영하는 것에 대해 생각했다

홍얼거림을 멈출 수 없었다

혁명은 사랑에서부터

"너의 욕망은 여기에 있다" 그의 하얗고 긴 손가락 끝에
작은 입술이 가느다랗게 떨린다 그러면 핏기 없는 손톱 언
저리에 시선이 머물고
　사랑의 뜻을 지닌 프랑스 단어를 찾다가 새벽에 잠들면
저녁에 꿈에서 깬다 프랑스, 프랜스, 퐁스 발음하다보면 프
랑스는 여성명사 프랑스, 프랜스, 라 퐁스

　프랑스는 그를 닮지 않았지만
　나는 프랑스에서 그를 생각하고

　창밖으로 프랑스 발음이 떨어진다
　점심에는 피아노를 연주해볼까
　거리를 적시며 더듬더듬
　첫말을 떼려 하는 자유에 대한 곡을

　그와 함께 있으면 프랑스어가 늘지 않고
　그가 떠나자
　프랑스는 그저 비 오는 거리

비가 그치면 마당에 흰붓꽃을 심어야지
파리의 거리는 모두 한곳으로 모이니까

말을 걸어오는 나무 2[*]

　　바다를 잘 그리는 손은 길고 가늘다 물이랑을 갈매기와
비슷하게 그리는 사람은 걸음이 빨라서 나와 걸을 때면 가
슴속에 하늘 천 자를 크게 두번 그리며 걸었을 것이다 겨울
을 기다리는 일이 비를 피하는 일보다 몸이 더 젖고 선뜻 우
산을 함께 쓰고 싶은 사람과는 오이냉국 한그릇으로 오래
더위를 달랠 수 있다 그럴 때 등골에 스미는 한기에는 오뉴
월에 잡은 손으로 모여들던 웃음이 있다 조곤조곤한 말투가
탐나서 읽은 책은 두껍고 제목이 길었고 길을 찾으러 들어
간 숲에서는 바람이 불지 않아도 파도 소리가 났다 숲을 나
와서야 그곳에 사시나무가 많다는 것을 알았다 나보다 나를
더 잘 아는 사람이 부르는 내 이름에는 뜻이 없고 소리만 있
었다

[*] 문성식, 캔버스에 아크릴릭, 100×80cm, 2006.

띄어쓰기

꿈에서 괴물에게 쫓겼다
깨어보니 벽에 난 구멍
구멍을 보자 손이 아프다

괴물은 도넛에도
컵 속과 책 속에도 있다
'아버지가방에들어가신다'를 소리 내어 읽는다
숨을 참고 읽으면 아무도 쫓아오지 않았다

묘 앞에서는 없는 사람 때문에 울 수 있다
눈물은 웃다가도
하품을 하다가도 나온다

꿈을 꾸지 않아도 벽에 여전한 구멍
없는 사람을 위해 차려진 고기를 우리가 먹을 것이다

기지개를 켜다

몸을 쭉 펴서
손끝은 북극으로
발끝은 남극까지

침대가 참 좋다

어디서나
어디든지
지구를 생각할 수 있으니까

우리에게 날개뼈가 있는 것은
한번씩 하늘을 나는 꿈을 꾸어본 적이 있기 때문

언제나 닫힌 문이 있고
꿈속에서 거기로 간다

문고리를 잡으면 달아나는 낯선 지문들

문고리는 생각보다 차갑고

문고리는 둥글다

잊고 잊히는

이 몸이 좋아
지구가 좋아

몸을 쭉 펴면 손끝은 미래로
발끝은 과거로

나는 항상 나를 어딘가에 두고 다니고
지금의 나는 좋아지는 중이야

보호색

그가 다리를 절면서 들어왔다
고양이를 피하다가 다쳤다고
감싼 외투를 열어 보이며 웃는 그

환부에서 검은 피를 빼며 걷지 못하게 될 수도 있다는 말
을 들어도
무사해 다행이야
검은 고양이를 만지며 말했다

고양이는 그의 다리를 핥는 것을 즐기는 듯했다 혀에 피
가 묻기도 했지만 개의치 않는 듯했다

한 손에 들어올 만큼 작은 크기였다 안으면 없는 듯 가볍
게 느껴져서
바깥에 두고 잊은 척 지내려다가 그만두기를 반복했다

그가 떠난 뒤로 고양이는 무서운 기세로 숨겨놓은 먹이를
찾는 습성이 생겼다 꽤 많은 돈을 들여 구입해 조금씩 나눠
서 주는 먹이였다

어느 날은 그의 약을 찾아내 삼키려고 해서 억지로 입을 벌린다

텅 빈 입안이었다 아무것도 없는 공간이었다 그 안에서 그가 나를 부르고 있다는 느낌이 들었다

나들이

아무것도 건드리지 않고
그곳에 오래 머물다 내려오곤 했다

그림의 뒷면은 언제나 비어 있고

창문보다 큰 풍경이
창문 밖에 있다

결국 무너져버리는 날이 오지 않을까

그네를 타고
앞으로 뒤로

가고 싶지 않지만
가는 느낌이 좋아서

우리가 문장이라면

내가 쓴 한 문장을 네가 읽으면 두 문장이 된다
혼자 지나던 길을 함께 걸으면 보리수가 산수유가 된다
정박한 배가 움직인다는 사실을 안 것도
뱃사람들은 목장갑을 배 위에 말린다는 사실을 안 것도
함께였던 도시에서의 일이다

입에 맞는 반찬을 아껴 먹는 습관이 나에게 있고
생선 가시를 잘 바르는 너는 흰 스웨터를 걸치고
예쁘다고 말하면 점점 예뻐질까봐
나는 오이무침만 먹어서 그날 생선이 많이 남았다
맛있는 반찬을 먼저 먹는 습관이 네게 있다는 걸 알게 된
것은 도시를 떠나고 한참 뒤의 일이다

코 고는 소리를 네가 듣다 잠이 들면
그 숨소리를 자다 깬 내가 듣는 도시
화창한 햇빛 아래 손차양을 하고 자동차를 주차하고 시멘
트 자갈을 밟으며
점심으로 갈비탕은 어때
말해놓고 낙지볶음을 먹으러 가는

미래를 상상한 것도 도시에서의 일이다

너에 관한 기억만 모아도 일생이 될 거야
라고 말하면 거기서 끝나버릴까봐
옆에 두고서도 너를 찾아 두리번거리고
책을 읽어주는 동안에는 함께일 수 있으니까
그날 한권의 책을 소리 내어 다 읽었다
내가 읽은 문장이 네가 들으면 한 문장이 되지 않아도
우리를 주어로 삼으면 이야기를 시작하기에 충분한 말이
었다

히든 페이지

꿈인 듯 처음 보는 광경이었습니다
흰 종이가 주렁주렁 열린 산수유나무
특이한 향이 나는 푸른 식물들
언젠가 이곳에서 본 적이 있던 것도 같습니다

정상에 다 온 건가요
물었을 때
붉은색 글자를 손바닥으로 쓸며 그가 말합니다

이곳에서 잠시 쉬어갑시다

바다를 건너는 일은 지구를 이해하는 일이 되지 않는다

손잡이를 잡을 때부터 오해가 시작된다
문밖을 상상하면서부터 내가 태어난다
파도를 보고 심해를 상상해본 적 있는 것처럼 눈을 보고
내 모습을 짐작한 적도 있다

한바퀴를 다 회전하는 손잡이는 없다 반바퀴를 돌고 다시
반바퀴를 되돌아 문이 열리면
밖에는 아무도 없다

한바퀴를 다 도는 행성 위에서
파도 뒤에는 더 큰 파도가 있을 거라고
물살은 언제나 몸을 해변으로 안내하는 것

손잡이를 잡으면 뭐든 열어야 끝나는 마음
그렇지 않으면 벽이 되는 기억

수평선은 바다의 끝
수평선이 바다의 너머

메아리가 울린다

산을 보면
산은 너머를 가리다가
함축하기도 한다

산속에서는 산을 볼 수 없고
산 밖에서는 산의 이름을 기억할 수 있지

이름을 부르면 기대하게 된다
느낌만으로 온 세상을 다 채우고도 모자라
지워버릴 수도 있을 거라는 예감

너라는 사람은 넓고
이름 안에서
꽃이 피고 지고
평생 지낼 수도 있겠지만

나무에서 산이 계획되고
산에서 나무의 이름이 궁금한 것처럼
산은 산

내 마음속의 산

이름에 갇힌 그 울림이 좋다

당신이 이겼어

확률에 모양이 있다면
'아마도'는 고드름 끝에 맺힌 물의 모양

난간에 세워둔 캔 맥주가 어는 데 걸리는 시간
포스트잇 하나가 떨어지고
건든 적 없는 문이 열리는 원인

계단에서 손을 펴 내밀었을 때
네가 가위를 내는 경우의 수

12월 31일 0시
하루가 시작됐는데 모두가 끝이라고 확신하고

나를 위해 쓰인

'한 사람을 위하는 일이 모든 사람을 위한 일이다'라고 적었습니다 새벽에도 신호등이 켜져 있어요 횡단보도를 건널 때 흰 곳과 검은 곳 중 어느 곳을 먼저 밟아야 할지 고민하다 보면 깜빡이던 신호가 붉은빛으로 고정됩니다 결국 흰 땅만 밟고 돌아온 집 발바닥이 새까맣습니다 하얀 이불로 몸을 감쌉니다 내일은 누구로 살아볼까요 옆집 노부부 중 중병이 든 쪽과 간호를 하는 쪽 둘 다 나쁘지 않을 것입니다 은퇴하고 지난달부터 경비실에 앉아 있는 옆 동 골초 아저씨도 적당할 것 같습니다 가벼운 말을 잘하고 싶었는데 길어졌네요 언젠가 당신으로도 살아보기를 희망하겠습니다

투서
P. S.

마침내 세계라고 적힌 통을 들었다 유난히 반짝이지도 동그랗지도 않은 것이었다 심하게 일그러져 있는 것을 제외하면 특별해 보일 것 없는 통이었다

그와 함께 많은 일이 있었지만 기록하지 않고자 한다
다만 적어둘 말이 있다면 그가 벽 너머로 외쳤던 이름이 내가 아는 가장 슬픈 이름이었다는 것

실패하지 않았지만 실패한 자들을 위한
이름 없는 여행서

최현우

이곳은 대체 어디일까. 어디서부터 왔으며, 어떻게 벽을 세우고 지붕을 올렸을까. 시가 모여 집을 이룬 이곳에서 시간은 반드시 순행하지 않고, 기억은 조각나고, 언어는 일그러지거나 해체되어 재조립되기 일쑤다. 하나의 시집은 개별적인 우주고, 각각의 장면은 저마다의 질서를 따라 별이 흐르고 빛과 어둠이 교차하거나 혼합한다. 이곳에는 범용할 만한 규칙이 없다. 읽는 이의 마음이 곧 새로운 별자리가 되는 이 질서를 시인들은 진정한 자유라고 여긴다. 그러므로 시집은 자유다. 세상의 모든 시집은 자유가 먹고 자고 입는 화려하거나 소박한 외피이자 삶으로부터 인간을 방열하거나 방한하는 첨단의 내피다.

지금 이 시집의 마지막 부분까지 도달한 이들에게 나는 몇가지 제안을 하려고 한다. 이는 이종민과 나의 오래되고

질긴 인연의 붉은 실로부터 출발한다. 대학 캠퍼스의 좁고 허름한 농구장 벤치에 앉아 무작정 시간만 죽이다가 "우리 시인이 될 때까지 같이 시 써볼래?" 하는 나의 치기 어린 제안에 지금까지도 우정을 멈추지 않는 자에 관한 이야기다. 그날 그 벤치에서부터 지금까지 이종민은 내 삶의 많은 장면들과 접촉했고, 나 역시 그의 많은 순간들과 감정 속으로 스스럼없이 접속했다. 자주 함께였다.

그러나 우리의 오랜 인연이 여기까지 이종민을 읽고 도착한 이들에게 내가 이것저것 부연할 만한 자격이 있다는 것을 납득시킬 만한 충분한 이유가 되지는 못한다. 나 또한 이종민을 읽는 동안 내가 아는 이종민과 내가 모르는 이종민 사이에서 담벼락 위를 걸어가는 고양이처럼 뒤꿈치를 들어야 했기 때문이다. 이 시집에는 「제4의 벽」이라는 시가 있다. 작중 인물이 서사의 테두리를 넘어서 관객이나 독자에게 직접 말을 거는 '제4의 벽'이라는 극적 기법의 변주일 것이다. 이 글에서 내가 할 수 있는 역할이란 그런 일임을 알고 있다. '제5의 벽' 정도로 칭해도 좋을까. 요는 이종민의 시가 돌파하거나 우회한 장면들이 나와 당신의 삶을 참 많이 닮았다는 점이다. 그 점을 전제한다면, 우리는 이종민의 첫 시집 속에서 자주 어설프거나 쉽게 부서지는 저마다의 '오늘'에게 가까스로 새로운 이름을 불러줄 수도 있을 것이다.

그뒤로 로켓을 보지 못했다

스탠드에 혼자 앉아 있었다
콩 주머니 하나가 운동장에 있었다

가을이 지나갔다
던진 것과 놓친 것에는 별 차이가 없다는 것을 알게 되
었다

몇번의 가을이 더 지났다
멀리 온 두 손에
콩 주머니가 쥐어져 있다

운동장에는 발자국이 너무 많고
머리 위로 만국기가 펄럭인다

몇번을 봐도 못 외우는 나라 이름이 있었다
그 나라 사람들은 계속 거기 살고 있었는데

스탠드에 혼자 앉아 있었다
가끔 발자국의 주인을 생각하면서

—「트랙」전문

시인이라는 존재들의 세상이 보통 사람들보다도 유독 지독하거나 더 불행하리라고는 믿지 않는다. 독특하고 특별한 고통이 시인에게만 주어져 그들이 수많은 언어를 붙잡고서 끝끝내 운명과 겨루는 것 또한 아니리라 믿는다. 개인이 처한 삶의 수많은 곡률을 뒤늦게 더듬어 읽는 자는 결국 그 일그러짐과 고통을 생생하게 알 수는 없는 노릇이겠다. 다만 어떤 시인은 시 속에서 자신만의 확고한 태도를 갖추곤 하는데, 그 태도가 시인이 처한 세상의 무늬를 유추할 수 있게 하거나 혹은 태도 자체만으로 시의 의미를 이루는 경우가 있다. 그러므로 이종민의 시를 충분히 납득하기 위해 우선 그의 태도를 유심히 살펴볼 것을 제안한다. 이종민 시의 화자는 대부분 어떤 현상이나 사건의 현재가 아니라 과거에서 발화한다. 그 작동을 순서대로 분류하면 이렇다. 첫째, 세상 속에서 어떤 흔적을 포착. 둘째, 흔적의 원인 혹은 흔적을 발생시킨 대상을 추적. 셋째, 그 흔적을 자신의 내면 공간으로 투여. 넷째, 발견한 흔적의 의미를 해석하거나 왜곡하지 않고 관조, 흔적에 참여하지 않고 가만히 두고 옴.

마치 탐정의 관찰처럼 여겨질 만한 이러한 태도는 사실 시인으로서 취하는 시적 포즈일 뿐만 아니라 이종민의 실제 면모와도 매우 닮았다. 내가 아는 한 이종민은 무리 속에 섞여 있을 때 말을 많이 하지 않고 주위를 가만히 둘러보는 타입이다. 그러면 마치 무언가 심사숙고하는 사람처럼 보일 때가 있는데, 나중에 물어보면 그날의 대화 중 절반 정도가 이미 기억에 없다. 처음부터 아예 흘려들었거나 나중에 말끔히 지워버렸거나 했을 텐데, 가끔은 이종민의 그런 무심함을 책망하는 이들도 더러 있었다. 그러나 나는 이종민이 모든 걸 기억하고 있음에도 잊어버린 척하는 중이라는 걸 알고 있다. 침묵을 그릇으로 사용하는 사람에게 타인이 무언가를 쏟아붓는 일은 대체로 상대의 안위 따위는 안중에도 없이 일어난다. 그래도 될 거라고 생각하니까. 쟤는 뭘 해도 조용하니까.

이종민의 시는 그래서 알고 있다. "던진 것"과 "놓친 것"이 "별 차이가 없다"는 점을. 무언가의 힘이 다른 무언가의 의지와는 상관없이 그것을 변하게 할 만큼 작용하는 모든 작동을 폭력이라고 말할 수 있다면, 인생이란 처음부터 우리의 의지와는 상관없이 벌어진 폭력으로 출발한 여정일지 모른다. 이 세상에 태어나고 싶었는지 어땠는지, 신은 우리에게 질문하지 않았고 우리의 대답을 기다려주지도 않았다. 그저 우리를 세상에 던져놓았을 뿐이다. 신이 되었든 타인이 되었든, 우리에게 힘을 가한 자들은 그저 놓쳤을 뿐이라고 변명하지만, 맞아서 멍이 들거나 뼈가 부러진 우리의 입장에서 보자면 그것은 그들이 우리에게 냅다 집어 던진 것이다. 우리도 어쩌면 그렇게 누군가로부터 어딘가로 냅다 집어 던져진 것이다. 그런 사람들이 "계속 거기 살고 있"다는 사실을, "만국기"의 수보다 훨씬 많은 사람들이 거기 그렇게 살고 있다는 사실을 이종민은 운동장에 찍힌 "너무 많"은 "발자국"을 통해 본다. "혼자 앉아"서 본다. 그리고 "발자국의 주인"을 "가끔" 생각하는 척 무심하게 위장한다.

이종민의 궁극적인 관심은 저 수많은 발자국의 주인이 어디로 갔는지에 있지 않다. 오히려 "발자국을 지우려면 발자국을 찍어야 한다"(「그림자밟기」, 이하 같은 시)라는 생각에 도달한다. 그 발자국의 주인은 지금 맞닥뜨린 발자국을 지나서 새로운 발자국을 찍는 중일 수도 있지만, 어쩌면 그해 "동갑"이었던 "자살자"의 것일 수도 있다. 오직 발자국에 집중한다. "타워크레인"(「목도」, 이하 같은 시)이 돌아가고 거기서 "연기를 뿜으며 상승하는 로켓"을 볼 때도 "로켓의 종착지는 어디야"라는 물음에 "그냥, 하늘"이라고만 말한다. 어디로 가는 건지 알 수도 없고, 알고 싶지도 않다. 지금 이종민에게 중요한 건 항해를 시작한 로켓이다. 그리고 앞으로도 중요한 건 로켓이 도착할 유의미한 행성이 아니라, 우리가 "그뒤로 로켓을 보지 못"해도 어디선가 우리를 보고 있을 로켓이다. 이종민은 대체 이 로켓에 무엇을 탑승시켰을까. 아니, 그렇게 볼 수도 없는 곳까지 날아가는 로켓을 타고 이종민을 떠나버린 건 대체 무엇일까. 무엇이 어떻게 됐기에 우리는 로켓을 볼 수 없고, 로켓은 우리를 볼 수 있게 된 걸까.

나는 가끔 이종민의 눈빛 속에서 무인도를 본다. 그와 지
내면서 종종 마주쳤던 텅 빈 표정은 마주 앉은 상대를 몹
시 걱정스럽게 만들곤 하는데, 물어보면 늘 아무 일 없다고
말한다. 그러나 얼마쯤 지나면 내게 비밀을 털어놓곤 한다.
"사실 그때……" 하는 식으로. 앞서 이종민의 태도를 유심히
살펴보자던 제안은 그의 이런 성향을 오랜 세월 지켜봐왔던
경험에서 비롯된 것이다. 이종민은 가끔 위험을 느끼거나
공격을 받으면 순식간에 몸을 위장하는 갑오징어처럼 보호
색을 지닌 듯이 느껴질 때가 있다.

냉장고에 호박 오이 무생채 무쳐놨으니까 대접에 넣고
비벼 먹어 고추장은 베란다에 있고 참기름은 가스레인지
찬장에 있어 맨날 빵 같은 거 먹지 말구 된장국은 쉬었는
지 확인 한번 해보고 먹어 오늘은 어디 가니 일찍 들어와
엄만 새벽에 나가

— 「보호색」 부분

고속도로 톨게이트에서 통행료 수납원으로 일하는 엄마
가 있다. "시위대가 톨게이트 옥상을 점거 중"이라는 서술
로 보아 엄마는 그 시위에 참여하기 위해 집을 나서기 전에
자식이 먹을 음식을 잔뜩 쟁여두었다. "시위대가 도로를 점

거"하고, 집에 오지 않는 엄마의 부재를 "엄마가 차려놓은 밥상"이 대신 채우고 있다. 단순한 사실이다. 그후에 화자는 "뜨거운 아스팔트"를 걸어 출근하고 퇴근하는 일상을 살아간다. "올라간 지 한달째"인 엄마는 아직 돌아오지 않았다. 그뿐이다. 화자는 매일, 그저 "집에 와서 씻고 밥 먹고 잤다". 그러나 이는 진실이 아니다.

침묵도 또 하나의 언어라는 개념을 넘어서, 그렇다면 사람은 언제 침묵을 언어로 사용하게 되는지 생각해보자. 이종민이 시에서 자주 사용하는 기호가 바로 침묵이다. 이종민의 시는 문장과 문장, 행간과 행간 사이마다 침묵을 문장 부호처럼 찍어둔다. 그가 실제 생활에서 종종 보이는 텅 빈 얼굴이 자연스럽게 시의 마디마다 배어 있는데, 시의 정황을 가만히 상상해보면 침묵이 괄호처럼 감싸고 은폐한 공간에 들어갈 문장들은 어떤 감정의 기척이라는 걸 유추할 수 있다. 현실을 향한 비애라고도 붙일 수 있고, 슬픔이나 우울의 작은 조각이라고도 말할 수 있겠으나, 이종민의 시는 감정의 편린을 화분 밑 현관 열쇠처럼 침묵 속에 감춰둔 채 "그대로 두기로" 하면서 "자, 이것이 내 마음입니다"(「정원사의 개인 창고」)라고 말한다.

이종민의 침묵을 "말할 수 없는 것에 관해서는 침묵해야 한다"는 비트겐슈타인의 침묵에 기대어 생각할 때, 그렇다면 이종민의 시는 무엇을 말할 수 없었을까 하는 의문이 든다. 그런데 이 의문은 사실 쉽게 해결된다. 그것은 무슨 음

모이거나 비밀이 아니다. 이종민의 시는 흔하디흔한 일상의 풍경 속에서 생활의 장면들이 연속한다. 그 모습들을 언어적인 변주로써 크게 과장하거나 왜곡하는 일이 별로 없다. 담담하고 조곤조곤한 말투로 나열하는 어제와 오늘이 있고, 다만 "그렇게 되지 않기를 바라지만 결국 그렇게 되고야 마는 일들"(「초입에서 발견된 페이지」)이 지속될 뿐이다. "결국 그렇게 되고야 마는 일들"이야말로 이종민의 시가 불시착한 낯선 무인도가 아니었을까. 이는 말할 수 있는 일이 아닐뿐더러, 그곳에는 말할 수 있는 사람 한명 없이 오직 표류하는 '혼자'가 있을 뿐이다. 그는 거기서 처음엔 서럽게 울었을지 모른다. 낯선 두려움과 공포로 떨다가 근처의 나뭇가지를 주워다 모닥불을 피우거나 야자수 잎으로 몸을 덮었을 것이다. 어딘가에서 기적적으로 도달할 구원을 기다리다 지칠 때쯤 풍랑이 잠시 멎은 바다를 향해 물수제비를 뜨기도 했을 것이다. 그는 수심의 돌을 발견한다. 그리고 나아가 색깔이 없다고 믿었던 물이 사실은 무수한 색깔이 혼합되어 있다는 걸 깨닫는다. "물은 색이 없"지만 그러므로 "물의 색은 많다"는 것(「연쇄」). 아무것도 없다고 믿을 때 진정으로 내게 남은 것을 알게 된다는 것.

시 감상을 제한하는 불필요한 부연일까 염려스럽지만, 앞서 인용한 「보호색」의 내용은 그의 실제 현실에서 벌어졌던 일이다. 그뿐만 아니라 이 시집에 실린 대다수의 시는 그가 체험하고 간직한 실제의 장면들을 담백하게 담고 있다. 이를 밝혀두는 이유는 이종민의 시가 현실을 외면하지 않으려는 노력으로 이루어졌다는 걸 역설하기 위해서다. 순정이라고 말하기엔 조금 쑥스럽지만, 그가 지금까지 묵묵하게 버틴 삶의 값은 순정에 다가가는 것이라고 생각한다. 나는 그것을 외면하지 않는 방식으로 현실을 견뎌보려는 그 나름의 용기라고 생각해왔다. 이 시집에는 사람이 늙고 낡아갈수록 쉽게 잃어버리고 마는 순한 순간들이 순도 높게 살아 있다. 이종민의 시에서 주요하게 등장하는 공간은 부엌, 그 안에서도 식탁이나 밥상인데, 그가 자신에게 들이닥친 현실을 정돈하고 마음을 다잡고서 시를 발생시키는 주요 공간이 바로 식탁이기 때문이다. 그는 "식탁을 살리기 위해서는 요리가 적당하다"(「식탁의 최선」)고 얘기하는 사람이다. 오늘의 밥을 먹으며 내일을 다시 살아가리라 다짐하고, 무겁고 힘든 외출을 견뎌낸 뒤에 다시 "발목까지 물이 차올라 있"(「메시지를 남겨주세요」)는 집으로 돌아온다. 사랑에 빠졌을 때는 식탁에 마주 앉아 "맛있는 반찬을 먼저 먹는 습관"이 있는 연인이 좋아하는 "생선" 대신 "오이무침만"(「우리가 문장이라면」) 집어 먹고, 어떤 작별 이후에는 "빈 밥그릇"과 "수저가 한벌" 놓인 식탁에 혼자 앉아 있기도 하는데, 그런 날에는 "식탁과 의자 사이가 멀다"(「심령사진」). 삶의 하루하루가 "아직 퍼내야 할 물"(「메시지를 남겨주세요」)이 많은 나날이다. 그것은 특별한 불행도 아닐 것이며, 운명적인 사건도 아니다. 그저 평범한 보통의 날들. 누구나 겪는 그런 날들. 그런 하루가 침묵하고 가라앉는 곳이 그의 식탁이라는 걸 나는 알고 있다. 그가 밥 먹고 씻고 자는 사이사이 알 수 없는 슬픔의 알갱이들이 손톱 밑에 잔뜩 끼었다가 떨어진다.

다음은 주머니에서 나온 것들입니다

   한바퀴를 다 회전하는 손잡이는 없다 반바퀴를 돌고 다시 반바퀴를 되돌아 문이 열리면
   밖에는 아무도 없다
   ──「바다를 건너는 일은 지구를 이해하는 일이 되지 않는다」
부분

이종민이 가장 극단적으로 마음의 통증을 앓았던 시기를 곁에서 지켜본 적이 있다. 그를 괴롭혔던 일들을 여기에 차마 다 옮길 수는 없지만, 그 시기의 이종민은 자신을 둘러싼 모든 상황과 주변 사람들을 이해하려고 애를 쓰고 있었다. 이종민의 시에 빈번하게 출몰하는 '물'이라는 물성은 그런 점에서 그가 주목할 수밖에 없었던 이미지다. 물통에 담긴 물이 물통의 형태를 벗어날 수 없듯이 담으면 담는 대로, 따라 버리면 버리는 대로. 물은 어디에나 있고 누구에게나 필요한 것이지만 집을 침수시키기도 하고 홍수를 일으켜 사람의 세상을 재앙으로 몰고 가기도 한다. 그 시기에 이종민은

자신을 둘러싼 모든 풍경에서 "파도"를 발견하곤 했다. 그가 '바다를 건너는 일은 지구를 이해하는 일이 되지 않는다'라는 제목의 시를 내게 보여주었을 때, 나는 그가 겪은 침묵의 시간들이 "파도를 보고 심해를 상상"하는 중이었다는 걸 알았다. 이종민의 시에서 "지구"라는 행성은 하나의 둥근 문고리다. 삶이라는 이해할 수 없는 '1인분의 인생들'이 드글드글 모여 사는 이 둥근 행성은 그에게 "오해"로 가득할 뿐인 곳이다. 이쯤에서 나는 이종민이 선택한 자세와 침묵이 그가 최종적으로 갖추기로 한 태도가 아니라는 것을 알게 되었다. 이종민의 시가 수많은 '물'을 거느리고 있는 것은 그의 시가 건너려고 하는 길이 죄다 '물길'이었기 때문이다. 그는 "바다"를 건너려고 하고 있었다. 그리고 "지구"라는 세상을 한바퀴 다 돌아본 뒤에 깨닫는다. 손잡이는 "반바퀴"를 돌리고 다시 '반바퀴'를 되돌릴 때 문을 열어준다는 것. 고작 바다를 건너는 행위로는 세상을 전부 열어볼 수 없다는 것. 오해는 이해의 실패가 아니라, 진정한 이해를 위해서 나의 실존으로 되돌아오는 과정이라는 것.

이종민의 시가 이종민의 영혼을 닮았다고 말한다면, 나는 이종민의 시가 보여주는 수동적인 자세와 침묵이 그가 어떤 여정을 아주 끈질기고 참을성 있게 버티고 있다는 증거라고 말할 수 있다. 떠나는 중일 수도 있고 돌아오는 중일 수도 있다. 끈질긴 그가 시린 손을 푹 찔러 넣은 주머니에는 "오늘"(「가벼운 외출」, 이하 같은 시)이 들어 있다. 아니, 그는 주머니처럼 생긴 "오늘" 속으로 차갑고 시린 손을 집어넣는다. "손을 넣었다 빼면 뒤집히는" 오늘 속에는 "아무렇게나 구겨진 페이지"처럼 "울음"이 구겨져 있고, 그 속에서 "내일을 꺼내려 하면" 자꾸 "어제"의 희망과 절망들이 "보풀"처럼 일어난다. 이종민은 입술을 굳게 다물고 걷기를 멈추지 않는 침묵의 '투어리스트'인 것이다. 도착하는 경유지마다 그는 자신처럼 끝나지 않는 물길을 저어가는 모든 "주인"(「주인은 힘이 세다」, 이하 같은 시)들의 흔적을 발견한다. "그 집은 비어 있"고, "조용한 그 집"에서 "옷이 마르고 있다". 바닥에 떨어진 "주인의 체모"와 "덜 마른 옷가지"와 "이불의 구겨진 무늬"들. 그 모든 흔적이 놓인 바닥을 보며 이종민의 시는 비로소 "이름"과 "얼굴"이 생긴다. 그 이름과 얼굴의 주인은 이종민처럼, 그리고 아마 우리처럼 어딘가에서 힘든 몸과 마음을 끌고 온다. 침묵의 여정을 마치고 "내일을 끌고서 수많은 방을 끌고서" 자신이 있어야 할 곳으로 돌아오고 있는 것이다. 이종민의 시는 그러므로 하나의 주머니다. 쓸쓸한 자가 자신보다 더 쓸쓸한 세상을 돌아다니며 마주친 흔적들을 차곡차곡 주워 넣어 만든 커다란 주머니. 그는 아마 거기서 자신과 불러보고 싶었던 모든 이들의 이름을 발견하고 싶었을 것이다.

그러나 나는 이종민의 여정은 여기서 끝이 아니라 지금부터 또다시 시작돼야 한다고 말하고 싶다. 이 또한 경유지에 불과하다는 걸 그 역시 깨닫고 있겠지만, 그의 고난과 통증을 오래도록 가까이서 지켜본 우정을 넘어서서, 그에게 조금 더 계속할 것을 제안하는 미안한 입술이 되고 싶다. 내게 보여주지 않았던 시에서 그는 회복하고 있었다. 기지개를 켜면서, "나는 항상 나를 어딘가에 두고 다니고/지금의 나는 좋아지는 중"(「기지개를 켜다」)이라고. 그러니 "언젠가 당신으로도 살아보기를 희망"(「나를 위해 쓰인」)하는 끝없는 선의와 용기를 나는 앞으로도 조금 더 보고 싶다. 이런 바람은 나역시 아직 '오늘'에게 붙여볼 수 있는 이름을 찾지 못한 까닭이다. 지금까지의 삶은 자주 괴롭고 가끔 평온했다. 앞으로의 삶도 지금까지와 별반 다르지 않을 것이다. 그 모든 항해에서 나와 당신도 때로는 하고 싶은 말과 해야 할 말을 전부 잃어버린 채 얼마 남지 않은 선의의 부스러기를 씹어 먹으며 목적 없는 발걸음을 재촉해야 할지도 모른다. 그러나 그 길을 걸어가는 자가 나 혼자만이 아니라면. 여기, 이종민의 시가 앞서거니 뒤서거니 하면서 우리가 놓치고 지나가버린 이름들을 대신 주워 건네주고 있다면 나 역시 조금 더 걸어볼 수 있겠다는 생각이 든다. 어쩌면 생각지도 못한 이름으로 우리는 서로를 부를 수도 있겠다. 그렇게 어제를, 오늘을, 그리고 내일을. 알 수 없는 세상은 여전히 알 수 없겠지만, 끝내 알게 되리라는 믿음을 열쇠처럼 쥐고서 말이다.

崔賢禹 | 시인

116

언젠가부터 말을 걸어오는 그가 있습니다.

그를 알기 위해
산을 오르기도 하고 무작정 걷기도 했습니다.
파란 숲에서 먼 미래까지 다녀오기도 했고요.
바다에서 노을이 지는 모양과
물방울이 웅덩이에 닿는 순간을 오래 간직하기도 했습니다.

그러는 동안 몸에 묻은 것들도 많습니다.
주워서 요긴하게 쓰다 남은 것들도 있습니다.

그와 비슷한 사람을 많이 만났지만
모두 제가 찾던 그는 아니었어요.
그렇게 만난 좋은 사람들이 많아요.

때로 삶은
중요한 말을 빼놓고 지속되기도 합니다.
이 책에는 그런 일들만 쓰여 있습니다.

만나서 반갑습니다
인사를 건네고 있었어요.
이제야 조금 알 것 같은데 작별입니다.

우리가 문장이라면 다시 만날 수 있을 거예요.

2021년 10월
이종민

창비시선 465

오늘에게 이름을 붙여주고 싶어

초판 1쇄 발행／2021년 10월 22일
초판 3쇄 발행／2022년 6월 10일

지은이／이종민
펴낸이／강일우
책임편집／조용우 박문수
조판／박아경
펴낸곳／(주)창비
등록／1986년 8월 5일 제85호
주소／10881 경기도 파주시 회동길 184
전화／031-955-3333
팩시밀리／영업 031-955-3399 편집 031-955-3400
홈페이지／www.changbi.com
전자우편／lit@changbi.com

ⓒ 이종민 2021
ISBN 978-89-364-2465-7 03810